AF357879

VENTE

du Vendredi 12 Décembre 1913

HOTEL DROUOT, SALLE N° 1

A DEUX HEURES

COLLIER DE PERLES

IMPORTANTS BIJOUX

COMMISSAIRE-PRISEUR

Mᵉ F. LAIR-DUBREUIL

EXPERTS

M. G. FALKENBERG
M. ROBERT LINZELER

COLLIER DE PERLES

IMPORTANTS BIJOUX

CONDITIONS DE LA VENTE

Elle aura lieu au comptant.

Les acquéreurs paieront dix pour cent en sus des enchères.

CATALOGUE

D'UN

IMPORTANT

COLLIER DE PERLES

ET DE

BEAUX BIJOUX

ENRICHIS DE

Perles, Brillants, Émeraudes

DONT LA VENTE AUX ENCHÈRES PUBLIQUES AURA LIEU

HOTEL DROUOT, SALLE N° 1

le Vendredi **12 Décembre 1913**

à deux heures précises

COMMISSAIRE-PRISEUR

Me F. LAIR-DUBREUIL

6, rue Favart, 6.

EXPERTS

M. G. FALKENBERG	M. Robert LINZELER
Expert près le Tribunal civil	Orfèvre-Joaillier
6, rue La Fayette.	9, rue d'Argenson.

EXPOSITIONS

PARTICULIÈRE : *le Mercredi* 10 *Décembre* 1913, *de* 1 *heure* 1/2 *à* 6 *heures*
PUBLIQUE : *le Jeudi* 11 *Décembre* 1913, *de* 1 *heure* 1/2 *à* 6 *heures*.

DÉSIGNATION

Appartenant à Mme de X.

I. — Collier composé de trois rangs de grosses perles d'Orient réunis par un fermoir pavé de brillants et de roses.

Premier rang : trente-cinq perles.
Poids : grains 481,20

Deuxième rang : quarante et une perles.
Poids : grains 673,74

Troisième rang : quarante-sept perles.
Poids : grains 881,30.

Ce lot pourra être divisé.

Appartenant à Mme M.

2. — Collier en forme de rivière sur lequel
sont posés cinq gros brillants soli-
taires et six émeraudes taillées entou-
rées de brillants. Sur le cliquet, une
émeraude solitaire.

3. — Broche barrette portant au centre un gros
brillant, d'un côté une grosse perle
blanche, de l'autre une grosse perle
noire.

4. — Bague formée d'un gros brillant navette
monté sur un corps en or enrichi de
petits brillants.

5. — Bague croisée formée d'un brillant et d'une émeraude facetée montés sur un corps en or enrichi de petits brillants.

6. — Bague formée d'une grosse perle blanche montée sur un corps en or enrichi de petits brillants.

7. — Bague formée d'une perle grise montée sur un jonc en or.

8. — Broche formée d'ornements pavés de brillants et de roses, portant au centre une perle bouton et en pendeloque une grosse perle poire.

9. — Collier composé de deux rangs de brillants alternant au centre du collier avec des perles boutons, fermoir pavé de brillants.

10. — Sautoir forçat en platine orné de cin-
quante-deux brillants et cinquante-
deux perles alternés.

11. — Nécessaire de dame en or guilloché,
portant d'un côté un ovale de rubis
calibrés destiné à recevoir un chiffre,
de l'autre trois bandes de rubis ter-
minées par trois gros brillants. Le
fermoir est formé d'un rubis cabochon.

12. — Long collier formé de deux rangs de
perles coupés de distance en distance
par des brillants et terminés par des
glands plats à double face, au dôme
pavé de brillants et de roses et à la
frange formée de perles.

13. — Sautoir de perles fines séparées de
distance en distance par vingt et une
perles plus grosses.

Appartenant à M. de L.

14. — Sautoir formé de deux cent soixante-trois
perles d'Orient.

Poids brut : grains 821,28.

Appartenant à M. de B. C.

15. — Collier de chien composé de 15 rangs
de perles fines réunis par des barrettes
en brillants et portant au centre une
plaque formée d'ornements en brillants
et en roses, avec au centre deux gros
brillants.

Appartenant à M. R. D.

16. — Deux grosses perles poires blanches
surmontées de petits brillants.

17. — Broche pendentif formé d'un entrelac
tout pavé de brillants.

18. — Bague portant un brillant en forme de
cœur.

19. — Aigrette formée de cinq branches sur
lesquelles sont sertis six gros brillants
séparés par des petits brillants.

20. — Broche nœud en brillants supportant deux grosses perles poires.

21. — Broche en brillants ornée au centre d'une perle bouton et supportant une grosse perle poire.

22. — Collier pampilles et ornements brillants et roses.

PARIS
IMPRIMERIE GÉNÉRALE LAHURE
9, rue de Fleurus, 9